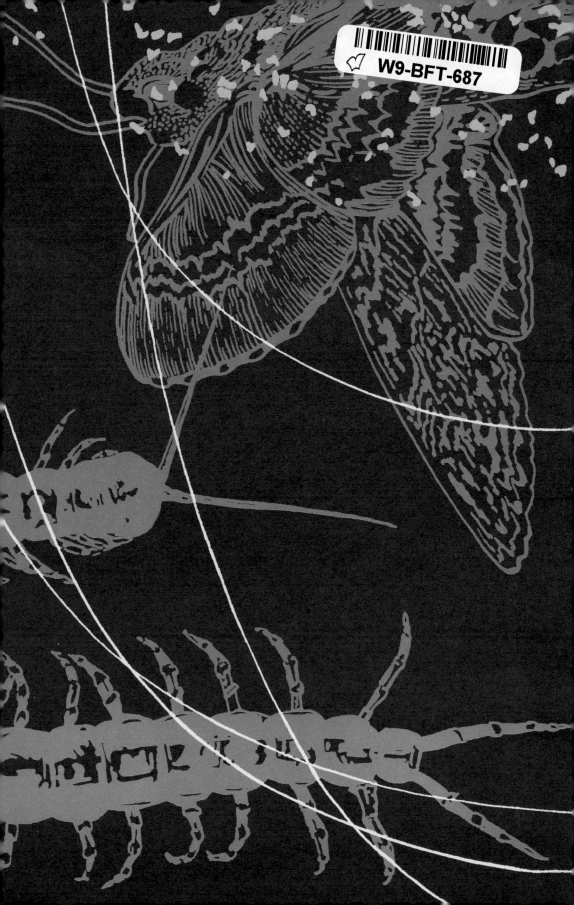

LA BIBLIOTECA
SECRETA

Haruki Murakami

LA BIBLIOTECA SECRETA

Ilustraciones:
Kat Menschik

Traducción:
Lourdes Porta

LIBROS DEL ZORRO ROJO

1

La biblioteca estaba mucho más silenciosa que de costumbre.

Yo llevaba, aquel día, unos zapatos de piel nuevos que, al pisar el linóleo de color gris, dejaban escapar unos crujidos duros y secos. No sé por qué, pero no parecía que aquellos pasos fuesen míos. Cuando te pones unos zapatos de piel nuevos, tardas un tiempo en familiarizarte con el sonido de tus propios pies.

En el servicio de préstamo había una mujer desconocida que leía un grueso volumen. Era un libro apaisado, muy ancho. Daba la sensación de que estuviera leyendo la página derecha con el ojo derecho y la izquierda con el izquierdo.

—Disculpe —dije.

La mujer dejó el libro sobre la mesa con un pataplum y alzó el rostro hacia mí.

—Vengo a hacer una devolución —añadí, y deposité sobre el mostrador los libros que llevaba bajo el brazo. Uno era *Cómo se construye un submarino;* el otro, *Memorias de un pastor.*

La mujer levantó la tapa y comprobó la fecha de vencimiento. Por supuesto, estaba dentro de plazo. Yo cumplo puntualmente con fechas y horas. Porque es eso lo que mi madre siempre me dice que haga. Igual que los pastores. Si los pastores no respetaran las horas, las ovejas se volverían locas.

La mujer estampó con vigor el sello de «restituido» en mi tarjeta de préstamos y, acto seguido, reanudó la lectura.

—Busco un libro —dije.

—Baje las escaleras, a la derecha —dijo sin levantar la cabeza—. Siga recto. Sala número 107.

2

Bajé una larga escalera, giré a la derecha, avancé por un pasillo oscuro y, efectivamente, encontré una puerta donde figuraba una placa con el número 107. Había estado muchas veces en la biblioteca, pero esa era la primera noticia de que tuviera un sótano.

Aunque me había limitado a llamar con los nudillos de la manera más normal del mundo, un ruido siniestro retumbó por los alrededores, como si hubiera aporreado con un bate de béisbol las puertas del infierno. Estuve tentado de dar media vuelta y salir huyendo. Pero no escapé. Porque eso es lo que me han enseñado. Que, una vez has llamado a la puerta, has de esperar a que respondan.

Desde dentro me llegó un «adelante». La voz era grave, pero muy clara.

Abrí la puerta.

En la habitación había un escritorio pequeño y viejo y, sentado detrás, un anciano de baja estatura. Tenía el rostro cubierto de pequeñas manchas negras, como si una multitud de moscas pulularan sobre su piel. El anciano era calvo y llevaba unas gafas de lentes gruesas. Su calvicie no era completa; aquí y allá conservaba algún mechón. Unas greñas canosas se le pegaban a los lados de la cabeza como después de un incendio forestal.

—Bienvenido, jovencito —dijo el anciano—. ¿Qué desea?

—Busco un libro —dije con voz insegura—. Pero parece que está usted ocupado, así que ya volveré otro día.

—¡No, no! Sí, sí, es evidente que estoy ocupado —dijo el anciano—. Pero en esto consiste precisamente mi trabajo. Así que ¿cuál es el libro que desea que le busque? Usted dirá.

«¡Qué manera tan rara de hablar!», pensé. La cara del anciano no era menos inquietante que sus palabras. De las orejas le brotaban largos pelos. La piel le colgaba del mentón como si fuera un globo reventado.

—¿Qué tipo de libro busca usted, jovencito?

—Querría consultar algo sobre la recaudación de impuestos en el Imperio Otomano —dije.

Los ojos del anciano centellearon.

—¡Ah! Claro, claro. ¿Sobre la recaudación de impuestos en el Imperio Otomano, dice? ¡Ah! Un tema apasionante.

3

Me sentía sumamente incómodo. A decir verdad, no es que tuviera gran interés por la recaudación de impuestos en el Imperio Otomano. Es que al volver de la escuela se me había ocurrido de pronto, a raíz de no sé qué: «Ahora que lo pienso, ¿cómo harían para recaudar los impuestos en el Imperio Otomano?». Y a mí, desde pequeño, me han enseñado que, en cuanto haya algo que no sepa, debo correr a consultarlo en la biblioteca.

—Pero no se preocupe —dije—. No tiene tanta importancia. Además, es un tema muy especializado.

Yo quería abandonar sin dilación aquella habitación siniestra.

—¡No digas estupideces! —exclamó el anciano, enojado—. Aquí hay, como tiene que ser, montones de libros que versan sobre la recaudación de impuestos en el Imperio Otomano. Creo que lo que tú pretendes, jovencito, es burlarte de esta biblioteca.

—¡No, no! No tengo la menor intención de hacerlo —me apresuré a decir—. ¿Por qué habría de hacer yo una cosa semejante?

—Pues, entonces, quédate aquí quietecito y espera.

—Sí —dije.

Encorvando la espalda, el anciano se levantó de la silla, abrió una puerta de hierro que había al fondo de la habitación y desapareció tras ella. Yo permanecí de pie unos diez minutos esperando el regreso del anciano. Una multitud de pequeños insectos negros recorría el interior de la pantalla de la lámpara con un rumor sordo.

Poco después apareció el anciano con tres gruesos volúmenes en los brazos. Los tres eran auténticas reliquias y un olor a papel viejo inundó la habitación.

—Aquí tienes —dijo el anciano—. *Los impuestos en el Imperio Otomano* y, también, *Diario de un recaudador de impuestos del Imperio Otomano* y otro más: *El movimiento contra el pago de impuestos en el Imperio Otomano y su represión.* ¿Qué? ¿Tenemos o no tenemos?

—Muchas gracias —dije educadamente. Tomé los tres libros y me dispuse a salir de la habitación.

—¡Eh! —gritó el anciano a mis espaldas—. ¡Espera un momento! Ninguno de esos tres libros puede salir de la biblioteca.

4

Efectivamente, en el dorso de cada uno de los libros había pegada una etiqueta roja que prohibía el préstamo.

—Quien desee consultarlos, debe hacerlo en el cuarto del fondo.

Miré el reloj de pulsera. Eran las cinco y veinte.

—Pero es que la biblioteca está a punto de cerrar y, además, si no vuelvo a casa antes de la hora de la cena mi madre se preocupará.

El anciano frunció las cejas dibujando una larga línea.

—La hora de cierre es irrelevante. Si digo que está bien, bien está. ¿O es que no aprecias mi amabilidad? ¿Para qué diablos crees que he acarreado hasta aquí estos tres libros tan pesados? ¿Eh? ¿Para hacer ejercicio?

—Lo siento mucho —me disculpé—. No pretendía causarle ninguna molestia. Es que no sabía que fueran libros excluidos de préstamo.

El anciano soltó una tos cavernosa y escupió una flema en un pañuelo de papel. A causa de la ira, las manchas de su rostro temblaban convulsas.

—No se trata de saber o no saber —dijo el anciano—. Yo, a tu edad, solo con poder leer ya era feliz. ¿Por qué me señalas que es tarde, que te retrasarás a la hora de la cena? ¿Cómo tienes la desfachatez de venirme con tales monsergas?

—De acuerdo. Me quedaré a leer solo media hora y me iré —dije. No me gusta negarme de manera tajante a algo—. Pero no voy a poder quedarme más. De verdad. Una vez, de pequeño, mientras andaba por la calle, me mordió un perro negro y, desde entonces, por poco que me retrase, mi madre se trastorna mucho.

La expresión del anciano se dulcificó un tanto.

—¿Leerás aquí antes de irte?

—Sí. Leeré. Si solo son unos treinta minutos...

—Entonces, ven —me invitó el anciano. Tras la puerta nacía un sombrío corredor. Una bombilla a punto de fundirse emitía una luz vacilante.

5

—Ven. Sígueme —dijo el anciano.

Un poco más allá, el pasillo se bifurcaba. El anciano tomó el ramal de la derecha. A cierta distancia, el pasillo se bifurcaba de nuevo. El anciano, esta vez, giró a la izquierda. Había un sinfín de ramales y desvíos, pero el anciano, en cada una de las ocasiones, giró a la derecha o a la izquierda sin titubear. Incluso llegó a abrir alguna puerta y a adentrarse en otros corredores.

Yo estaba estupefacto. ¿Cómo era posible que en los sótanos de la biblioteca municipal existiera un laberinto tan enorme? La biblioteca municipal siempre pasaba estrecheces debido a la falta de presupuesto: era inconcebible que pudiera construir siquiera un laberinto diminuto. Pensé en interrogar al anciano sobre aquel punto, pero tenía miedo de que me regañara, así que desistí.

El laberinto al fin acabó y nos encontramos ante una gran puerta de hierro. De la puerta colgaba un rótulo donde ponía «Sala de Lectura». El lugar estaba tan silencioso como un cementerio a medianoche. El anciano sacó un manojo de llaves del bolsillo y, haciéndolas entrechocar, eligió una. Era una llave grande de modelo anticuado. La introdujo en la cerradura y, tras echarme una mirada rápida llena de sobrentendidos, la hizo girar hacia la derecha. Se oyó un sonido metálico. Al abrirse la puerta, un chirrido en extremo desagradable resonó por los alrededores.

—Bueno, bueno —dijo el anciano—. ¿No entras?

—¿Ahí?

—Exacto.

—Pero si está completamente a oscuras —protesté. Al otro lado de la puerta, las tinieblas eran tan negras como un agujero en el espacio.

6

El anciano se volvió hacia mí y enderezó la espalda. Al erguirse, se transformó, de repente, en un hombretón. Bajo las largas cejas blancas, sus ojos relucían como los de una cabra en el crepúsculo.

—Tú eres uno de esos que se quejan por cualquier cosa, lo que sea, ¿no es verdad?

—No, no es cierto. Solo que yo...

—Sí, tú eres lo que se dice un incordio —dijo el anciano—. Los tipos como tú, esos que van poniendo una pega tras otra, despreciando la buena voluntad ajena, son la escoria de la humanidad.

—Lo siento —me disculpé—. De acuerdo. Entraré.

Pero, ¿por qué diablos tenía que acabar diciendo y haciendo lo contrario de lo que pensaba en realidad?

—Dentro encontrarás enseguida una escalera descendente —dijo el anciano—. Agárrate bien de la barandilla al bajar, no vayas a caerte.

Tomé la delantera y avancé despacio. A mis espaldas, el anciano cerró la puerta y unas tinieblas negrísimas se adueñaron del lugar. Se oyó el sonido metálico de la llave girando en la cerradura.

—¿Por qué echa la llave?

—Esta puerta tiene que permanecer siempre cerrada con llave. Son las normas.

Resignado, bajé la escalera. Era una escalera muy larga. Tanto que parecía que, a aquel paso, llegaríamos a Brasil. En la pared había una barandilla de hierro, oxidada y rota. Estaba a oscuras, no se veía ni un rayo de luz.

Al pie de la escalera, hacia el fondo, apareció una claridad tenue. Era solo la luz mortecina de una lámpara, pero los ojos me dolieron ante aquella claridad inesperada. Alguien se acercó desde el fondo y me tomó de la mano. Era un hombre menudo, con aspecto de oveja.

—Gracias por venir —dijo el hombre-oveja.

—Buenas tardes —dije yo.

7

El hombre-oveja se cubría por entero con una auténtica piel de oveja. Solo tenía despejada la zona de la cara, donde asomaban un par de pupilas de expresión afable. Esa apariencia le sentaba bien. La mirada del hombre-oveja se posó unos instantes en mi rostro; después se dirigió hacia los tres libros que yo llevaba en la mano.

—¿Acaso has venido a leer?

—Sí —respondí.

—¿Has venido aquí a leer queriendo realmente venir?

Su manera de decirlo tenía un no sé qué de extraño. Tartamudeé.

—¿Es que no eres capaz de responder como es debido? —me urgió el anciano—. ¿Has venido aquí porque querías leer? ¿Eh? ¡Contesta!

—Sí. Quería leer y he venido hasta aquí.

—¡Ya ves! —dijo el anciano con aire triunfal.

—Pero, profesor —dijo el hombre-oveja—. Es que todavía es un niño.

—¡Cállate! —De pronto, el anciano se sacó una vara de sauce de la parte trasera de los pantalones y azotó de soslayo al hombre-oveja en el rostro—. ¡Llévalo enseguida a la sala de lectura!

El hombre-oveja puso cara de preocupación, pero se resignó a tomarme de la mano.

18

Debido al azote con la vara de sauce, tenía enrojecida y tumefacta la zona junto al labio.

—Vamos. Acompáñame.

—¿Adónde?

—A la sala de lectura. Porque tú has venido aquí a leer, ¿no es así?

Con el hombre-oveja a la cabeza, recorrimos un pasillo estrecho. A mis espaldas, nos seguía el anciano. En la indumentaria del hombre-oveja no faltaba un rabo cortito que se balanceaba de izquierda a derecha, como un péndulo, acompañando sus pasos.

—Bueno, bueno —dijo el hombre-oveja deteniéndose en un rincón del pasillo—. Ya hemos llegado.

—Espera un momento, señor hombre-oveja —dije yo—. ¿Esto no será, por casualidad, un calabozo?

—Sí, lo es —dijo el hombre-oveja asintiendo con un movimiento de cabeza.

—Exacto —dijo el anciano.

8

—Esto no era lo convenido —le dije al anciano—. Yo lo he seguido hasta aquí porque me había dicho que íbamos a la sala de lectura, ¿no es así?

—Te ha engañado —dijo el hombre-oveja.

—Te he engañado —dijo el anciano.

—Pero, eso es...

—¡Cierra el pico! —dijo el anciano. Sacó la vara de sauce del bolsillo y la blandió en el aire. Yo retrocedí de un salto. No soportaba la idea de que me azotara con aquello.

—Deja de refunfuñar y entra ahí en silencio. Léete los tres libros, apréndetelos de cabo a rabo —dijo el anciano—. Dentro de un mes vendré a examinarte. Si te los sabes de memoria, te dejaré salir.

—Es imposible —dije— que memorice estos tres libros tan gruesos. Además, en estos momentos mi madre debe de estar en casa preocupada por mí...

Enseñando los dientes, el anciano hizo silbar con fuerza la vara de sauce ante mí. Al esquivarla yo con agilidad, azotó en el rostro al hombre-oveja. En un arrebato de furia, el anciano lo azotó de nuevo. Algo atroz.

—¡Arrójalo en el calabozo! —y, tras pronunciar estas palabras, el anciano se fue.

—¿No te duele? —le pregunté al hombre-oveja.

—No es nada. Estoy acostumbrado —dijo el hombre-oveja como si nada—. Pero a ti tengo que meterte ahí, ¿sabes?

—¡Oh, no! Y si yo le dijera que no quiero entrar ahí, ¿qué pasaría?

—¡Uff! Pues, en ese caso, supongo que él volvería a azotarme de nuevo.

Como el hombre-oveja me inspiraba compasión, entré dócilmente en el calabozo. Dentro había una mesa, un lavabo y un váter. En el lavabo había un cepillo de dientes y un vaso. Ni uno ni otro podían calificarse de limpios. La pasta dental era con gusto a fresa, justo el que más detesto. El hombre-oveja encendió y apagó varias veces la lámpara de encima de la mesa. Después me dirigió una sonrisa.

—Pues no está nada mal, ¿no te parece?

9

—Te traeré comida tres veces al día. En la merienda, a las tres, hasta te daré dónuts y todo —dijo el hombre-oveja—. Los dónuts los frío yo mismo, ¿sabes? Por eso están tan crujientes, tan ricos.

Los dónuts recién hechos son una de las cosas que más me gustan.

—Bueno, tiéndeme los pies.

Le tendí los pies.

El hombre-oveja sacó una pesada bola de hierro de debajo de la cama y me aherrojó el tobillo con el grillete al extremo de la cadena. Después se guardó la llave en un bolsillo del pecho.

—¡Está helado! —dije yo.

—¿Qué? Enseguida te acostumbrarás.

—Oye, señor hombre-oveja. ¿De verdad tendré que estar aquí dentro un mes entero?

—Pues sí. Así es.

—Y si me aprendo de memoria los libros tal como me ha dicho, ¿me dejarán salir dentro de un mes?

—No, lo dudo.

—Pues, entonces, ¿qué diablos pasará conmigo?

—Es un tema un poco delicado —dijo el hombre-oveja ladeando la cabeza.

—¡Por favor! Dime la verdad. Mi madre me está esperando, preocupada, en casa.

—Pues la verdad es que van a cortarte la cabeza con una sierra. Y después te sorberán los sesos.

Me quedé estupefacto, tanto que, por unos instantes, fui incapaz de articular palabra. Luego, finalmente, logré decir algo.

—¿No será, por casualidad, el abuelo quien me sorberá los sesos?

—Así es —dijo con un titubeo el hombre-oveja.

10

Me senté en la cama con la cabeza entre las manos. ¿Por qué tenía que sucederme aquello a mí? Lo único que había hecho yo era ir a la biblioteca a pedir unos libros prestados.

—No te desanimes tanto —me dijo el hombre-oveja en tono consolador—. Ahora te traeré la cena. Si tomas algo caliente, te animarás otra vez.

—Oye, señor hombre-oveja —dije—. ¿Y por qué va el abuelo a sorberme los sesos?

—Es que, por lo visto, los sesos repletos de conocimientos son deliciosos. Son más blanditos. Aunque también los hay grumosos.

—Por eso quiere sorbérmelos después de que haya estado un mes atiborrándolos de conocimientos, ¿verdad?

—Exacto.

—Eso es horrible —dije—. Bueno, para quien se va a quedar sin sesos, claro.

—¡Pero si eso lo hacen en todas las bibliotecas! En mayor o menor medida.

Oírle decir aquello me dejó atónito.

—¿Que lo hacen en todas las bibliotecas?

—Sí, porque si solo prestaran conocimientos, saldrían perdiendo, ¿no te parece?

—Pero eso no quita que serrarle a alguien la cabeza y sorberle los sesos sea pasarse de la raya, ¿no te parece?

El hombre-oveja puso cara de apuro.

—En fin, lo que tú has tenido es mala suerte. En este mundo, esas cosas pasan de vez en cuando.

—Pero mi madre estará esperándome en casa, preocupada. ¿No podrías sacarme de aquí a escondidas?

—No, no. Imposible. Si hiciera algo así, como castigo me arrojarían a la tinaja de las orugas. Tendría que estar encerrado tres días dentro de una gran tinaja con diez mil orugas.

—¡Qué horror! —dije yo.

—Por eso no puedo sacarte de aquí. Por más pena que me des.

11

Al irse el hombre-oveja, me quedé solo en el angosto calabozo. Me tendí boca abajo en el duro lecho y estuve alrededor de una hora llorando en silencio. Mis lágrimas empaparon la almohada azul de cascarilla de trigo. El grillete que me aprisionaba el tobillo era insoportablemente pesado.

Miré el reloj de pulsera: las agujas señalaban las seis y media en punto. Mi madre debía de estar en casa aguardándome con la cena lista. Estaría dando vueltas por la cocina con los ojos clavados en las agujas del reloj. Si entrada la noche seguía sin regresar, quizá perdería el juicio de veras.

Mi madre era así. Cuando pasaba algo, hacía discurrir su imaginación de lo malo a lo peor. O bien se representaba en la mente cosas exclusivamente malas, o bien permanecía horas y horas apoltronada en el sofá viendo la televisión. Una de dos.

A las siete llamaron suavemente a la puerta. Con unos pequeños golpes.

—Sí —dije.

Se oyó girar la llave en la cerradura y entró una chica empujando un carrito. Una chica tan hermosa que de solo mirarla dolían los ojos. Debía de tener, más o menos, mi edad. Sus brazos, piernas y cuello eran tan delgados que parecía que la fuerza más insignificante pudiera quebrarlos. Su pelo, largo y liso, relucía como una joya. Tras mirarme unos instantes, empezó a colocar sobre la mesa, sin decir palabra, la comida que llevaba en el carrito. Era tan hermosa que ni siquiera logré abrir la boca.

La comida tenía muy buen aspecto. Sopa de erizo de mar, caballa a la parrilla (aderezada con crema de nata agria), espárragos blancos con salsa de sésamo, ensalada de lechuga y pepino, panecillos calientes y mantequilla. Todos los platos humeaban. Y, además, un gran vaso con zumo de uva. Cuando acabó de disponerlo todo, la chica me dijo por señas: «Vamos. Deja de llorar. Come».

12

—¿No puedes hablar con la boca? —le pregunté.

«No. Es que cuando era pequeña me cortaron las cuerdas vocales.»

—¿Que te cortaron las cuerdas vocales? —dije sorprendido—. ¿Y quién te hizo eso?

La chica no respondió. Se limitó a sonreír alegremente. Su sonrisa era tan bella que el aire se aligeró de golpe.

«Hazte cargo, por favor», dijo la chica. «El hombre-oveja no es mala persona. Tiene muy buen corazón. Pero le tiene un miedo cerval al anciano.»

—Eso ya lo sé —dije—. Pero es que...

La chica se me acercó y posó una mano sobre la mía. Una mano pequeña, suave. Mi corazón estuvo a punto de desgarrarse, sin un sonido, en dos.

«Come antes de que se enfríe», dijo. «Seguro que la comida caliente te dará fuerzas.»

Luego abrió la puerta y salió del cuarto empujando el carrito. Sus movimientos eran ligeros como el aire de mayo.

La comida era deliciosa, pero solo conseguí comerme la mitad. Si no regresaba a casa, mi madre se preocuparía cada vez más, quizá acabara volviéndose loca de angustia otra vez y, si eso ocurría, mi estornino no tendría quien le diese de comer y tal vez muriera.

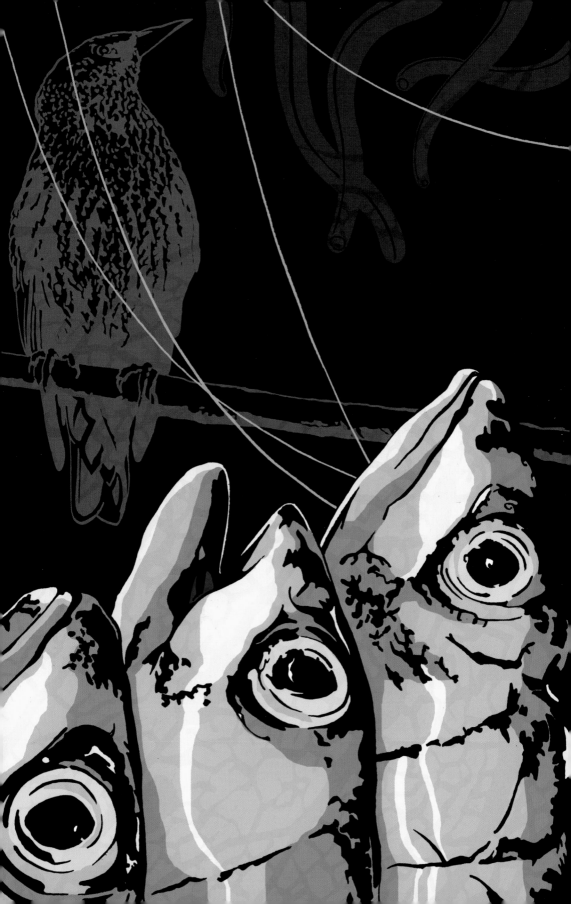

Pero, ¿cómo podría escapar yo de allí? Tenía el pie aprisionado por una pesada bola de hierro, y la puerta estaba cerrada con llave. Aun en el caso de que lograra cruzar la puerta, ¿cómo conseguiría recorrer aquellos largos pasillos parecidos a un laberinto? Suspiré y volví a derramar unas cuantas lágrimas. Pero me dije que arrojarme sobre la cama y llorar a solas no conducía a nada, así que dejé de llorar y me comí el resto de la comida.

13

Luego decidí sentarme ante el escritorio y leer. Para poder huir, primero tenía que lograr que el enemigo bajara la guardia. Fingir que obedecía. Lo que no iba a resultarme nada difícil. Porque yo, por naturaleza, tengo predisposición a hacer dócilmente lo que me dicen.

Elegí *Diario de un recaudador de impuestos del Imperio Otomano* y empecé a leer. Era un libro muy complicado, escrito en turco antiguo, pero, sorprendentemente, fui capaz de leerlo con soltura, sin esfuerzo alguno. Más aún: las páginas leídas se me quedaban grabadas en la mente sin saltarme una línea. Como si, de repente, mis sesos se hubieran vuelto más densos.

Según pasaba las páginas, me iba convirtiendo en el recaudador de impuestos turco Ibn Almud Hasshur y recorría la ciudad de Estambul recaudando impuestos con una cimitarra al cinto. Un espeso olor a frutas, gallinas, tabaco y café, parecido a un turbio riachuelo, caía pesadamente sobre las calles. Los vendedores de dátiles y mandarinas turcas pregonaban sus mercancías sentados a un lado del camino. Hasshur era un hombre apacible que tenía tres esposas y seis hijos. En casa cuidaba un perico tan gracioso que nada tenía que envidiar a un estornino.

A las nueve de la noche pasadas, el hombre-oveja me trajo cacao y galletas.

—¡Qué impresionante! ¡Ya estás estudiando! —dijo—. Bueno, descansa un poco y tómate el cacao caliente.

Dejé de leer, me tomé el cacao caliente y me comí las galletas.

—Oye, señor hombre-oveja —dije—. ¿Quién es la chica tan bonita de antes?

—¿Cómo dices? ¿Una chica bonita?

—La chica que me ha traído la cena.

—¡Qué cosas tan raras dices! —exclamó el hombre-oveja ladeando la cabeza—. La cena te la he traído yo. Tú estabas dormido, llorando. Yo, tal como puedes ver, solo soy un hombre-oveja, no una chica bonita.

¿Habría sido un sueño?

14

Pero, al atardecer del día siguiente, aquella muchacha enigmática volvió a presentarse en mi cuarto. Esta vez, la cena consistía en salchichas de Toulouse con ensalada de patatas de guarnición, besugo relleno, ensalada de berros, un gran cruasán y, además, té inglés con miel. Todo ello, a ojos vistas, delicioso.

«Come con calma. Y no te dejes nada, ¿eh?», me dijo la muchacha por señas.

—Oye, ¿y tú quién eres? —le pregunté.

«Yo soy yo. Solo eso.»

—Pero el hombre-oveja dice que tú no existes. Además...

La muchacha posó suavemente un dedo sobre sus pequeños labios. Enmudecí al punto.

«El hombre-oveja tiene su propio mundo. Yo tengo el mío. Y tú tienes el tuyo. ¿No es cierto?»

—Sí.

«Por lo tanto, que yo no tenga un lugar en el mundo del hombre-oveja no significa que yo propiamente no exista, ¿no te parece?»

—Es decir... —razoné—, que todos esos mundos distintos, todos ellos, se entremezclan aquí. Tu mundo, el mío, el mundo del hombre-oveja. Hay puntos en que confluyen unos mundos con otros, y puntos en los que no se superponen. Viene a ser eso, ¿verdad?

La muchacha hizo dos pequeños gestos afirmativos con la cabeza.

No es que yo sea un estúpido integral. Pero, desde que me mordió un perrazo negro, mi cabeza funciona de un modo un tanto anómalo.

Mientras yo me encontraba ante la mesa, comiendo, la muchacha permaneció sentada en la cama con los ojos clavados en mí. Sus manos menudas descansaban, la una junto a la otra, sobre sus rodillas. Parecía una exquisita figura decorativa de cristal bañada por los rayos de sol de la mañana.

15

—Me gustaría que algún día conocieras a mi madre y a mi estornino —le dije a la muchacha—. Mi estornino es inteligente y muy gracioso, ¿sabes?

La muchacha ladeó ligeramente la cabeza.

—Y mi madre es buena persona. Solo que se preocupa demasiado por mí. Eso es porque a mí, de pequeño, me mordió un perro.

«¿Cómo era ese perro?»

—Era un perro enorme de color negro. Llevaba un collar de piel con piedras preciosas, tenía ojos verdes y patas muy gruesas de seis uñas. La punta de las orejas estaba dividida en dos, la nariz era de color marrón, como tostada por el sol. ¿Te ha mordido un perro alguna vez?

«Nunca», dijo la muchacha. «Vamos. Olvídate del perro y come.»

Comí en silencio. Me tomé el té caliente con miel. Gracias a eso, sentí cómo se me templaba el cuerpo.

—Oye, tengo que escapar de aquí como sea —dije—. Mi madre debe de estar preocupada y tengo que darle de comer al estornino.

«Cuando escapes, ¿me llevarás también a mí contigo?»

—Claro —dije—. Pero no sé si lo lograré. Con esta bola de hierro sujeta al pie. Y los pasadizos forman un verdadero laberinto. Además, si yo desaparezco, seguro que maltratarán de mala manera al hombre-oveja. Diciendo que me ha dejado escapar.

«El hombre-oveja podría venir también. Escaparíamos de aquí los tres juntos.»

—¿Crees que el hombre-oveja vendría con nosotros?

La hermosa muchacha sonrió alegremente. Luego, igual que la noche anterior, se deslizó con ligereza por la rendija de la puerta apenas entreabierta.

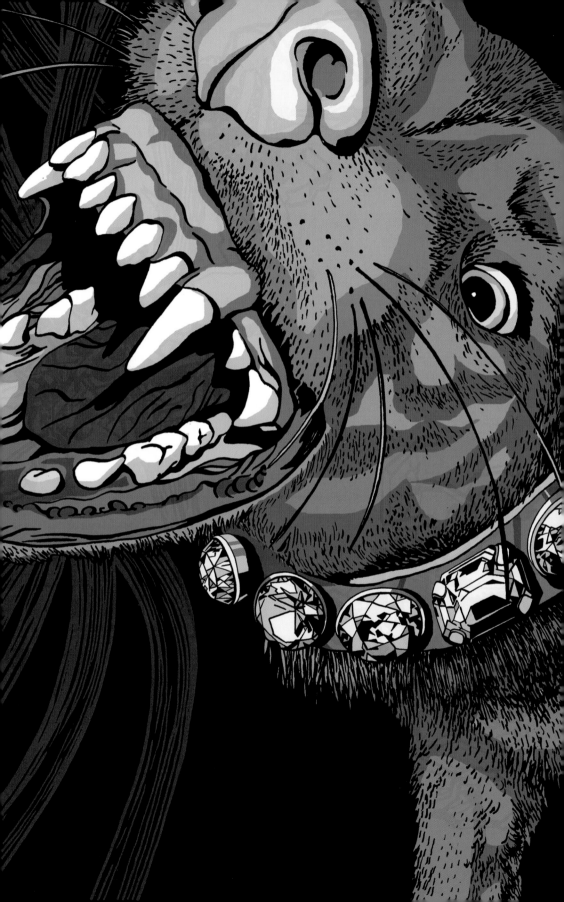

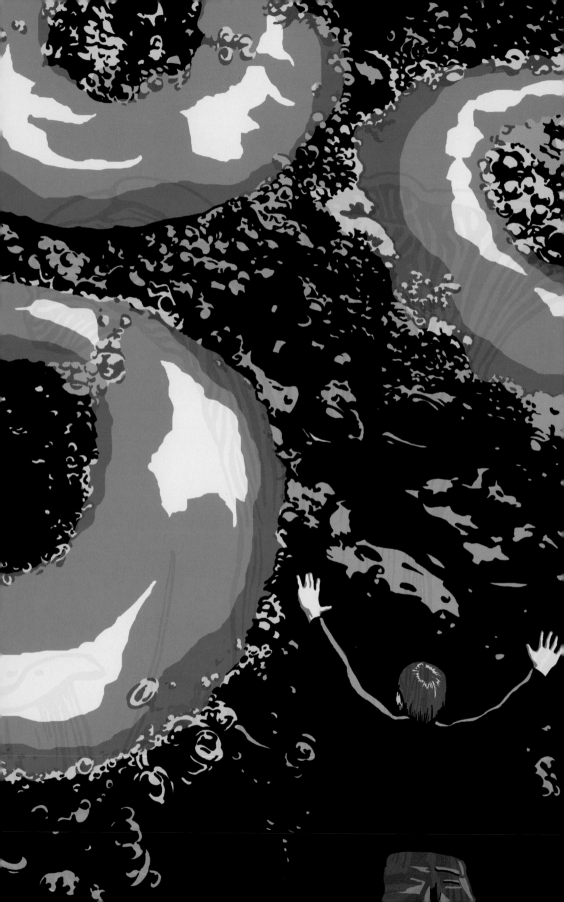

16

Yo me encontraba frente a la mesa, leyendo, cuando se oyó cómo giraba la llave y, acto seguido, el hombre-oveja entró en el cuarto llevando una bandeja con dónuts y limonada.

—Te he traído los dónuts que te prometí. Están recién hechos, crujientes y sabrosos.

—Gracias, señor hombre-oveja.

Cerré el libro y, sin perder un minuto, le hinqué el diente a un donut. Crujiente por fuera, tierno por dentro. Un donut riquísimo.

—Nunca había comido un donut tan bueno —dije.

—Acabo de hacerlos yo —dijo el hombre-oveja—. He amasado la harina y todo.

—Si abrieras una tienda de dónuts, seguro que tendrías clientes a montones.

—Sí, ya lo había pensado. Que ojalá pudiera hacerlo algún día.

—Seguro que puedes.

—¡Pero si yo no le gusto a nadie! ¡Con la pinta tan estrafalaria que tengo! Además, no me lavo los dientes casi nunca.

—Yo te ayudaría, ¿sabes? —dije—. Yo vendería los dónuts, atendería a los clientes, haría las cuentas, la propaganda, lavaría los platos: de todo eso me encargaría yo. Tú solo tendrías que estar en la trastienda friendo los dónuts. ¡Ah! Y también te enseñaría a lavarte los dientes.

—¡Ojalá fuera así! —dijo el hombre-oveja.

17

Cuando el hombre-oveja se marchó, reanudé la lectura. Mientras leía *Diario de un recaudador de impuestos del Imperio Otomano* me convertí de nuevo en Ibn Almud Hasshur, el recaudador. Durante el día, recorría la ciudad de Estambul recaudando impuestos y, al atardecer, regresaba a casa y daba de comer a mi perico. En el firmamento flotaba una luna blanca afilada como una cuchilla de afeitar. Se oía cómo alguien tocaba la flauta en la lejanía. Sirvientes negros perfumaban la habitación con incienso y ahuyentaban los mosquitos que pululaban a mi alrededor con una especie de espantamoscas que sostenían en la mano.

En el dormitorio me esperaba una hermosa joven, una de mis tres esposas. Era la muchacha que me había traído la cena.

«Es una luna preciosa», me decía ella. «Mañana habrá luna nueva.»

Yo le comentaba que tenía que darle de comer al perico.

«¿Al perico? ¿No le habéis dado ya de comer hace un rato?», decía la muchacha.

—¡Ay, sí! ¡Pero si acabo de darle de comer ahora mismo! —decía yo, convertido en Ibn Almud Hasshur.

La luna parecida a una cuchilla de afeitar arrojaba unos rayos de luz enigmáticos como un conjuro sobre la piel suave de la joven.

«Es una luna preciosa», repetía la joven. «La luna nueva cambiará nuestro destino.»

—¡Ojalá fuera así! —decía yo.

18

La noche de luna nueva se aproximaba, secreta y sigilosa, como un delfín ciego.

Al atardecer, el anciano vino a ver cómo estaba. Se alegró de encontrarme sentado frente a la mesa, estudiando con afán. Y, al ver que se alegraba, también yo me alegré un poco. Incluso en una situación como aquélla me gusta ver cómo alguien se alegra.

—Muy bien, muy bien —dijo el anciano, rascándose la barbilla—. Las cosas marchan mejor de lo que pensaba. Eres un niño admirable.

—Gracias —dije. No me disgusta que me alaben.

—Cuanto antes termines de leer los libros, antes podrás salir de aquí —me dijo el anciano. Y alzó un dedo—. Lo comprendes, ¿verdad?

—Sí —dije.

—¿Tienes alguna queja?

—Sí —dije—. ¿Y mi madre? ¿Y el estornino? ¿Se encontrarán bien? Estoy muy preocupado por ellos.

—La vida continúa —dijo el anciano con rostro malhumorado—. Todos y cada uno de nosotros pensamos en nosotros mismos. Todos y cada uno de nosotros seguimos viviendo. Incluida tu madre, incluido tu estornino. No hay cambios. El mundo sigue girando como si nada.

No comprendía bien lo que quería decir, pero le respondí:

—Sí.

19

Poco después de que el anciano desapareciera, vino la muchacha. Se deslizó en mi cuarto por la rendija de la puerta entreabierta, como siempre.

—Esta noche hay luna nueva —dije.

La muchacha se sentó silenciosamente en el lecho. Parecía extenuada. Su rostro estaba más pálido que de costumbre; incluso daba la sensación de que, a través de su cuerpo, se traslucía la pared que había a sus espaldas.

«Es por culpa de la luna nueva», dijo. «La luna nueva me despoja de muchas de las cosas que hay a mi alrededor.»

—A mí me pican un poco los ojos, pero solo eso.

Dirigió una mirada a mi rostro e hizo un pequeño gesto afirmativo.

«A ti no te pasa nada. Tranquilo. Seguro que tú lograrás escapar.»

—¿Y tú?

«Por mí no te preocupes. No creo que podamos huir juntos, pero te seguiré. Seguro.»

—Pero, si tú no estás, nunca lograré encontrar el camino de salida.

La muchacha no dijo nada. Solo se aproximó y depositó un pequeño beso en mi mejilla. Acto seguido, volvió a deslizarse ágilmente afuera por la rendija de la puerta. Me senté en la cama y permanecí allí largo tiempo, aturdido. Tras el beso, mi mente había quedado muy trastornada, incapaz de hilvanar una sola idea. Pero, al mismo tiempo, mi ansiedad se había convertido en una ansiedad que ya no lo era del todo. Y una ansiedad que en cierto modo había dejado de serlo era, en definitiva, una ansiedad poco digna de ser tomada en cuenta.

20

El hombre-oveja no tardó en aparecer. Traía un plato con un montón de dónuts.

—¡Oh! ¡Qué cara de estar en Babia! ¿Te sientes mal?

—No. Solo estaba pensando —dije.

—Así que vas a escaparte esta noche, ¿eh? ¿Puedo ir contigo?

—Claro que sí, pero, ¿cómo te has enterado?

—Me lo ha dicho hace un rato una chica con la que me he cruzado en el pasillo. Se ve que yo también voy a ir contigo. No tenía la menor idea de que hubiera una chica tan bonita por aquí. ¿Es amiga tuya?

—Sí. Bueno, más o menos —dije.

—¡Vaya! Ya me gustaría a mí tener amigas tan guapas como ella.

—Si escapamos de aquí, seguro que tú también podrás tener un montón de amigas bonitas.

—¡Ojalá fuera así! —dijo el hombre-oveja—. Porque, si fracasamos en la huida, nos las harán pasar canutas, tanto a ti como a mí.

—¿Con pasarlas canutas quieres decir que nos arrojarán a la tinaja de las orugas?

—Pues sí. Así es —dijo el hombre-oveja con expresión sombría.

La idea de pasar tres días metido en una tinaja con diez mil orugas me producía escalofríos. Pero los dónuts recién hechos y la calidez que el beso de la muchacha me había dejado en la mejilla lograron ahuyentar la ansiedad. Me comí tres dónuts y el hombre-oveja, seis.

—Es que yo, con el estómago vacío, no puedo hacer nada —dijo a modo de disculpa. Y, con un grueso dedo, se limpió el azúcar de la comisura de los labios.

21

En algún lugar, un reloj de pared dio las nueve. El hombre-oveja se puso de pie, sacudió varias veces, nerviosamente, las mangas de su vestimenta de oveja y la amoldó al cuerpo. Era la hora de salida. Me quitó la bola de hierro que me aprisionaba el pie.

Abandonamos el cuarto, recorrimos el sombrío pasillo. Yo había dejado dentro los zapatos y andaba descalzo. Mi madre tal vez se enfadara cuando supiese que los había traído puestos. Eran unos zapatos de piel de primera calidad y, además, me los había regalado ella por mi cumpleaños. Pero no podía arriesgarme a armar estrépito por el pasillo y despertar al anciano.

Hasta llegar a la gran puerta de hierro, no dejé de pensar en los zapatos de piel ni un instante. El hombre-oveja

caminaba justo delante de mí. Sostenía una vela en la mano. Como yo le sacaba media cabeza, tenía todo el rato sus dos orejas oscilando de arriba abajo delante de la punta de mi nariz.

—Oye, señor hombre-oveja —dije en voz baja.

—¿Qué? —preguntó él en voz baja.

—¿El abuelo tiene buen oído?

—Como esta noche hay luna nueva, ahora duerme profundamente en su habitación. Pero es un hombre muy perceptivo, ¿sabes? Así que es mejor que te olvides de tus zapatos de una vez. Los zapatos los podrás reemplazar, pero no tus sesos ni tu vida.

—Tienes razón, señor hombre-oveja.

—Si el abuelo se despierta, viene y me azota con aquella vara de sauce, yo ya no podré hacer nada más por ti. Seré del todo incapaz de ayudarte. Cuando me azota con aquello, pierdo por completo la libertad.

—¿Es una vara de sauce especial?

—Pues no lo sé —dijo el hombre-oveja y reflexionó unos instantes—. Quizá no se trate de una simple vara de sauce, normal y corriente. Yo eso no lo sé.

22

—Pero, cuando te azotan con ella, ¿te vuelves incapaz de reaccionar?

—Pues sí. Así es. De modo que es mejor que te olvides de tus zapatos de piel.

—Sí, lo haré —dije yo.

Seguimos andando un rato por el largo pasillo sin decir nada.

Poco después, el hombre-oveja se dirigió a mí.

—Oye —dijo.

—¿Qué sucede? —pregunté.

—¿Ya te has olvidado de tus zapatos?

—Sí, ya los había olvidado —respondí. Por su culpa, había vuelto a acordarme de los zapatos que tanto me había costado olvidar.

La escalera era fría, resbaladiza, con los cantos de las piedras redondeados por el desgaste. De vez en cuando pisaba algo que parecía un insecto. Descalzo y envuelto en tinieblas, la sensación de pisar vete a saber qué bicho no tenía nada de agradable. Unos tenían consistencia blanda y viscosa, otros dura y chirriante. «¡Era de esperar! ¡Ojalá hubiese venido con los zapatos puestos!», pensé.

Subimos la larga escalera hasta arriba y, finalmente, alcanzamos la puerta de hierro. El hombre-oveja sacó el manojo de llaves del bolsillo.

—Tenemos que abrir sin hacer ruido. Para no despertar al profesor.

—Sí, claro —dije.

El hombre-oveja introdujo la llave en la cerradura y la hizo girar hacia la izquierda. La cerradura se abrió con un sonido duro y pesado. Luego, un chirrido muy desagradable al oído reverberó por los alrededores. De silencio, nada en absoluto.

—A partir de aquí creo que hay un laberinto complicado.

—Sí, es cierto —dijo el hombre-oveja—. Yo también tengo la impresión de que hay un laberinto. Pero no estoy muy seguro. ¡En fin! Ya nos las ingeniaremos.

Al oírlo, me sentí algo inquieto. El peligro de los laberintos radica en que, hasta que no avanzas un buen trecho, no sabes si has elegido o no el camino correcto. Y cuando llegas al final y te das cuenta de que te has equivocado, ya suele ser demasiado tarde para retroceder. Ese es el problema de los laberintos.

23

Tal como era previsible, el hombre-oveja se equivocó en innumerables ocasiones, retrocedió una y otra vez. Pero, de una manera u otra, parecía que iba acercándose a la meta. De vez en cuando, se detenía, frotaba un dedo contra la pared y lo lamía con sumo cuidado. Se ponía en cuclillas y pegaba una oreja al suelo. Rezongaba algo, dirigiéndose a las arañas que tejían sus telas en el techo. Cuando llegaba a una bifurcación, daba vueltas sobre sí mismo como un torbellino. Esta era la manera del hombre-oveja de recordar el trayecto. Una manera muy distinta a la del común de los mortales.

Mientras tanto, el tiempo discurría sin pausa. Se acercaba el amanecer y las tinieblas de la luna nueva irían disipándose, poco a poco. El hombre-oveja y yo apretamos el paso. Teníamos que alcanzar, como fuese, la última puerta antes de que clareara. De lo contrario, el anciano se despertaría, se daría cuenta de que habíamos desaparecido y emprendería la persecución de inmediato.

—¿Crees que llegaremos a tiempo? —pregunté.

—Sí, ya no hay problema. Una vez llegados aquí, ya es pan comido.

Ciertamente, parecía que el hombre-oveja hubiese logrado recordar el camino correcto. Atravesamos el pasillo a paso rápido, de una bifurcación a otra. Finalmente, salimos al último pasillo, que se extendía en línea recta. Al fondo había una puerta por cuya rendija se filtraba una luz tenue.

—¡Mira! ¡Ya te lo había dicho! Que conseguiría acordarme —dijo orgullosamente el hombre-oveja—. Solo nos falta salir por esta puerta. Y, en cuanto lo haga, ¡seré libre!

Abrimos la puerta y allí estaba el anciano, esperándonos.

24

Aquella era la habitación donde había visto al anciano por primera vez. La habitación número 107, en el sótano de la biblioteca. El anciano se encontraba detrás del escritorio, con los ojos clavados en mí.

A su lado había un perro enorme de color negro. Llevaba un collar con piedras preciosas y sus ojos eran verdes. Tenía patas gruesas y seis uñas. La punta de las orejas dividida en dos. Y la nariz, de color marrón, parecía tostada por el sol. Era el perro que me había mordido una vez en el pasado. El perro aferraba con fuerza entre los dientes a mi estornino ensangrentado.

Sin querer, lancé un pequeño alarido. El hombre-oveja me sostuvo.

—Os he esperado aquí durante un largo rato —dijo el anciano—. ¿No os parece que habéis tardado mucho?

—Profesor. Puedo explicárselo, ¿sabe? Hay muchas razones que... —dijo el hombre-oveja.

—¡Cállate! —vociferó el anciano. Se sacó de la cintura la vara de sauce y la hizo restallar sobre el escritorio. El perro alzó las orejas, el hombre-oveja permaneció mudo. Reinaba un silencio sepulcral en los alrededores—. ¿Qué voy a hacer ahora con vosotros?

—¿Pero usted no dormía profundamente las noches de luna nueva? —le pregunté con miedo.

—¡Vaya! —El anciano soltó una risa burlona—. ¡Qué chico tan astuto! No sé quién te lo habrá dicho, pero no soy tan inocente como creías. Puedo ver lo que piensas con tanta claridad como un campo de sandías a plena luz del sol.

Todo se oscureció ante mis ojos. Incluso mi estornino había sufrido las consecuencias de mi insensatez. Había perdido los zapatos y quizá jamás volvería a ver a mi madre.

—¡Tú! —dijo el anciano señalando al hombre-oveja con la vara de sauce—. A ti te cortaré en pedazos con un cuchillo bien afilado y te echaré a las escolopendras.

El hombre-oveja se escondió detrás de mí, temblando.

25

—Y en cuanto a ti —dijo el anciano, señalándome—. A ti te echaré de comer al perro. Haré que te devore vivo, poco a poco. Morirás aullando de dolor. Pero los sesos me los reservaré para mí. Como no has leído los libros que tenías que leer, tus sesos todavía no están bien desarrollados, pero no importa. Los sorberé a conciencia.

El anciano se rió, enseñando los dientes. Los ojos verdes del perro chispearon de excitación.

Pero, entonces, me di cuenta de que el cuerpo del estornino, que el perro aferraba con los dientes, empezaba a hincharse lentamente. Pronto adquirió el tamaño de una gallina y abrió la boca del perro a presión como si fuera un gato mecánico. El perro se dispuso a soltar un grito lastimero, pero ya era demasiado tarde. La boca se desgarró y se oyó cómo el hueso desencajado estallaba en mil pedazos. El anciano azotó precipitadamente al estornino con la vara de sauce. Pero el estornino continuó hinchándose, aún más, hasta adquirir el tamaño de un toro y empujó con fuerza al anciano contra la pared. La pequeña habitación se llenó del furioso batir de las alas del pájaro.

«¡Vamos! ¡Es el momento de escapar!», dijo el estornino. Pero su voz era la de una muchacha.

—¿Y tú que harás? —le pregunté al estornino que era una muchacha.

«Por mí no te preocupes. Yo te seguiré. Seguro. ¡Vamos! ¡Date prisa! Si no, acabarás perdiéndote para siempre», dijo la muchacha que era un estornino.

Obedecí. Tomé al hombre–oveja de la mano, salí a toda prisa de la habitación. Ni siquiera volví la vista atrás.

En la biblioteca, aún de mañana temprano, no se veía un alma. Cruzamos el vestíbulo, abrimos una ventana de la sala de lectura desde el interior y salimos casi rodando. Corrimos hacia el parque hasta perder el aliento y, una vez allí, nos arrojamos los dos sobre el césped, boca arriba. Cerramos los ojos, jadeando. Permanecí bastante tiempo con los ojos cerrados.

Cuando los abrí, el hombre-oveja ya no estaba a mi lado. Me puse de pie, barrí los alrededores con la mirada. Lo llamé a voz en grito. Pero no hubo respuesta. El sol de la mañana arrojaba sus primeros rayos sobre el follaje de los árboles. El hombre-oveja se había esfumado sin decir palabra. Tal como se evapora el rocío.

26

Al volver a casa, encontré a mi madre esperándome con el desayuno caliente dispuesto sobre la mesa. Mi madre no me preguntó nada. No profirió la menor queja porque no hubiera vuelto de la escuela o porque hubiese pasado tres noches fuera o porque no llevara los zapatos puestos. Y eso era algo muy infrecuente en ella.

El estornino había desaparecido. Solo quedaba la jaula vacía. Pero, sobre este asunto, no le pregunté nada a mi madre. Porque me daba la sensación de que lo mejor era no mencionarlo. El perfil de mi madre parecía haber enflaquecido un poco. Pero quizá fuese una mera impresión.

A partir de aquel día no volví a poner los pies en la biblioteca municipal. Tal vez hubiera debido dirigirme a un cargo importante de la biblioteca, contarle mis experiencias y avisarle que, en sus profundidades, había una habitación parecida a una mazmorra. De lo contrario era posible que,

algún día, otro niño corriera la misma suerte que yo. Pero solo con ver el edificio de la biblioteca bañado por el sol del crepúsculo, me quedaba paralizado.

A veces pienso en los zapatos de piel nuevos que dejé en el sótano de la biblioteca. Pienso en el hombre-oveja, pienso en la hermosa muchacha muda. ¿Hasta qué punto ocurrió realmente? A decir verdad, no tengo ninguna certeza. Lo único que sé es que mis zapatos de piel y mi estornino han desaparecido de veras.

El martes de la semana pasada, mi madre murió. Por la mañana, a causa de una enfermedad de origen desconocido, en silencio, como si se extinguiera. Hubo un modesto funeral y, después, yo me quedé completamente solo. No estaba mi madre. No estaba el estornino. No estaba el hombre-oveja. No estaba la muchacha. Ahora, en la oscuridad de las dos de la madrugada, en soledad, pienso en el sótano de aquella biblioteca. Al estar completamente solo, las tinieblas se hacen muy densas. Como en una noche de luna nueva.

ILLUSTRATA

Título original: *Fushigina Toshokan*
de Haruki Murakami con ilustraciones de Kat Menschik

© 1990, del texto: Haruki Murakami
© 2009, de las ilustraciones: DuMont Buchverlag, Colonia (Alemania)
© 2014, de la traducción: Lourdes Porta
© 2014, de esta edición: Libros del Zorro Rojo / Barcelona — Buenos Aires
www.librosdelzorrorojo.com

Dirección editorial: Fernando Diego García
Dirección de arte: Sebastián García Schnetzer
Edición: Marcial Souto
Corrección: Martín Evelson

. . .

Con la colaboración del
Institut Català de les Empreses Culturals

ISBN: 978-84-942918-0-7   Depósito legal: B-19590-2014
ISBN Argentina: 978-987-1948-42-0

Murakami, Haruki
La biblioteca secreta / Haruki Murakami ; ilustrado por Kat Menschik.
1a ed. — Buenos Aires : Libros del Zorro Rojo, 2014.
64 p. : il. ; 24x17 cm.

Traducido por: Lourdes Porta
ISBN 978-987-1948-42-0

1. Literatura Japonesa. I. Menschik, Kat, ilus.
II. Porta, Lourdes, trad. III. Título
CDD 895.1

Primera edición: noviembre de 2014

Impreso en Barcelona
por Gráficas '94

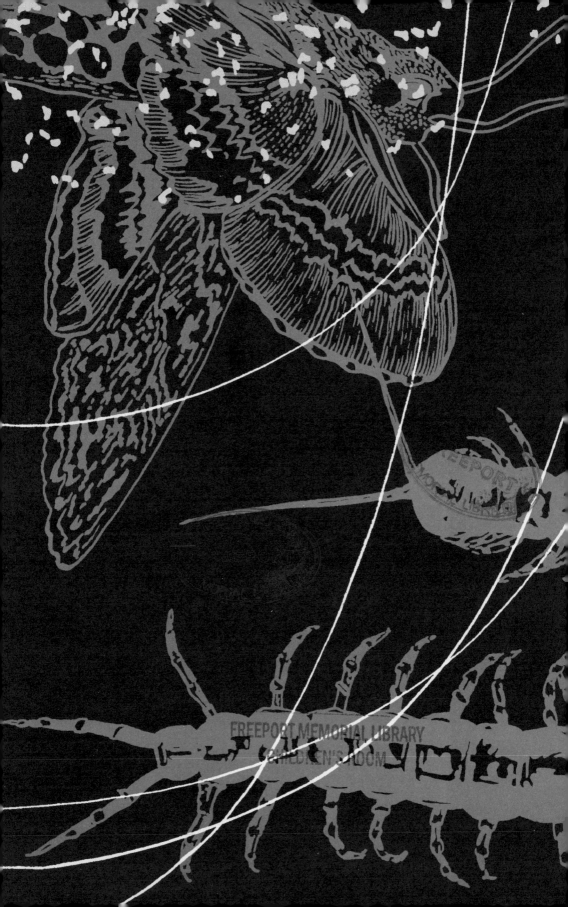